Début d'une série de documents
en couleur

COUVERTURES SUPERIEURE ET INFERIEURE D'IMPRIMEUR.

15936

LES

VÉGÉTAUX DA

PAR

A. DU

Officier d'Académie, membre de

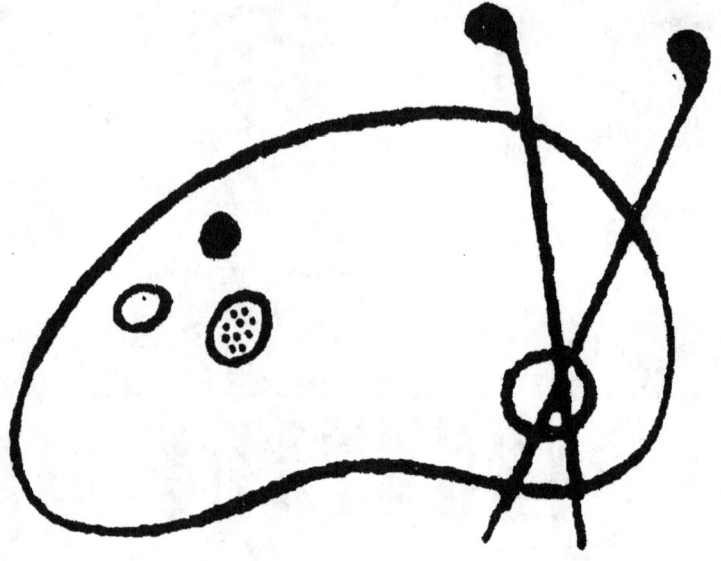

Fin d'une série de documents
en couleur

CONTES
POUR LES PETITS GARÇONS

—

8ᵉ SÉRIE PETIT IN-12,

CONTES

POUR

LES PETITS GARÇONS

PAR SCHMIDT.

LIMOGES

EUGÈNE ARDANT ET Cie, ÉDITEURS.

Propriété des Éditeurs.

CONTES

POUR

LES PETITS GARÇONS.

———

DIEU.

M. Leblond était un négociant que son commerce avait obligé à faire un long voyage en Amérique. Sa femme était restée en France avec deux petits garçons, l'un qui n'avait que quelques mois, et l'autre âgé d'un an de plus. L'absence du père dura plus de cinq ans.

Un matin que madame Leblond venait de faire faire à ses enfants leurs prières, elle entendit l'aîné qui disait au plus jeune :

— Ça m'ennuie de prier le bon Dieu et de le remercier; le vois-je? me donne-t-il quelque chose? La mère fut profondément affligée de ce propos impie; elle allait appeler l'enfant pour le réprimander et lui faire une instruction, lorsqu'on apporta une caisse que son mari lui envoyait. Les enfants accoururent et ils virent qu'il y avait dans la caisse de belles étoffes pour leur faire des habits ainsi qu'à leur mère, des confitures d'ananas, d'autres sucreries d'Amérique, enfin de l'argent pour acheter tout ce qui était nécessaire aux besoins de la famille. Il y avait aussi une lettre do la mère lut à ces fils ce passage : « Dis à mes chers » enfants qu'ils soient tou-

» jours bons et sages, nous
» serons bientôt réunis.
» Quand ils pourront être
» auprès de moi, je leur
» ferai des présents bien
» plus beaux que ceux
» contenus dans la caisse. »
Adolphe, dit la mère à son
fils aîné, crois-tu que ton
père existe ? tu ne l'a jamais vu. — Oh ! maman,
j'en suis bien sûr : d'abord
vous m'en parlez toujours,
et puis voilà des cadeaux
qu'il nous envoie, sans
compter les belles promesses
qu'il nous fait dans sa

lettre. — Bien, mon fils ; mais comment doutes-tu de l'existence de Dieu ? je t'en parle tous les jours, la lumière du soleil, les fruits, les fleurs, tout ce qu'il y a de bon et de beau sur la terre, sont des présents qu'il fait à chaque instant à toi et à tous les hommes. Le saint Évangile est un écrit qu'il a dicté lui-même, et par lequel il nous promet à tous un bonheur éternel si nous lui témoignons notre reconnaissance par une bonne conduite : tu vois bien que tu as les mêmes motifs de croire à l'existence du bon Dieu que de croire à l'existence de ton père.

———

LA PLUIE.

Un marchand, parti de bon matin, se rendait à la ville voisine. Il était à cheval et avait une valise remplie d'or et d'argent, car il voulait faire de grands achats. Il tombait une pluie violente et l'eau ruisselait sur les vêtements du pauvre homme. — En vérité, disait-il, Dieu, qui fait tomber la pluie quand il veut, aurait bien pu attendre jusqu'à ce soir !

La pluie cessa et le marchand arriva sur le bord d'un grand bois qu'il lui fallut traverser. Quand il fut au milieu, il vit paraître deux voleurs qui lui crièrent d'arrêter, et comme le marchand se sauvait de toute la vitesse de son cheval, chacun d'eux voulut lui tirer un coup de fusil.

mais la longue pluie avait mouillé la poudre des voleurs, et leurs fusils ne partirent pas.

Quand le marchand fut sorti du bois, il éleva les mains au ciel et dit : — O Jésus, mon Dieu, j'ai murmuré contre vous et contre la pluie qu'il vous plaisait d'envoyer, parce qu'elle m'incommodait dans mon voyage. Cependant, cette pluie était un bienfait. Si le temps eût été sec et beau, la poudre des voleurs se fût enflammée, ils m'eussent tué et volé. Pardonnez-moi mon offense, ô mon Dieu ! à l'avenir je me soumettrai respectueusement à votre sage volonté.

———

LA SOURCE.

Le petit Guillaume était plein de fougue et d'impétuosité; quelque chose qu'il fît, il s'y livrait avec trop d'ardeur. Parfois il travaillait avec tant d'acharnement qu'il se rendait malade. Dans ses jeux il mettait

tant de vivacité et d'aban-
don que souvent il se faisait
des blessures dangereuses.
Un jour que, dans l'été
il courait après des papil-
lons, il se livra avec emportement à ce plaisir, et
se mit tout en nage et hors
d'haleine. Mourant de soif,
il rencontra une belle
source dont l'eau claire
comme le cristal, et froide
comme la glace, coulait à
l'ombre d'un bocage. Guillaume se précipita vers
cette eau et en but à longs
traits : à peine eut-il com-

mis cette imprudence qu'il se sentit malade et ne put qu'à grand'peine retourner chez son père ; on le mit au lit, il fut pris d'une fièvre dangereuse, et sa vie fut en danger.

— Ah ! mon père, disait-il un jour, qui eût pensé que cette belle source contînt un poison si dangereux ? que les apparences sont trompeuses. — Tu accuses à tort la source, répondit le père ; c'est elle qui fournit le ruisseau dont nous buvons l'eau chaque jour.

jamais elle ne nous a nui ; mais toi, tu l'as rendue malfaisante en la prenant la plus fraîche possible, au moment où ton corps était tout bouillant de chaleur ; c'est ton imprudence qui a fait un poison de cette eau salutaire : n'oublie pas que l'excès corrompt les meilleures choses.

———

LES POMMES.

Tous les vices se tiennent par la main, la gourmandise mène le vol. Philibert était un petit gourmand: de la fenêtre de sa chambre, il voyait de belles pommes dans un jardin près de là. Il succomba à la tentation que l'aspect de ce fruit lui faisait éprouver, et de grand matin il chercha à pénétrer dans le jardin où se trouvait l'objet de sa convoitise. Il découvrit à la haie qui en formait la clôture un petit trou qu'il parvint à agrandir, et y passa avec grande peine en s'égratignant les mains et en salissant ses vêtements. Il arriva enfin auprès du pommier et se hâta de remplir de plus beaux fruits les poches de son habit. Au moment où il allait partir, il vit arriver le maître du jardin, qui se mit à sa poursuite. Comme Philibert courait bien, il parvint à temps au trou de la haie, engagea promptement sa tête et ses épaules ; mais, comme l'espace était juste, les poches gonflées de pommes ne purent passer, et le retinrent comme dans un piége.

Le maître du jardin arriva, et après avoir ri de grand cœur de l'aventure singulière, il reprit ses pommes, fustigea le voleur et lui dit : — C'est la chose même que tu as volée qui est cause que tu es puni pour ton vol.

———

L'ENVIEUX.

Un jardinier, qui était fort habile cultivateur, cultivait dans son terrain les plus beaux légumes et les plus beaux fruits. Il se levait de grand matin, se couchait tard, et travaillait tout le jour.

Il y avait dans le voisinage un autre jardinier, qui n'était pas moins habile, mais qui était envieux de tout ce qui arrivait d'heureux à son prochain. Chaque fois qu'il voyait que les arbres ou les autres plantes du premier donnaient de belles espérances, il en était tout soucieux : c'était bien pire quand ces espérances se réalisaient : il était désolé.

Une année il avait remarqué que la treille de son voisin annonçait une superbe récolte, tandis que la sienne ne promettait rien de bon, sans doute parce qu'elle était moins bien exposée. Ne pouvant résister au désir de satisfaire son envie, il se leva la nuit et coupa toutes les plus belles branches des ceps de vigne de son confrère; il s'en alla sans qu'on l'eût vu, et le lendemain apprit avec joie que celui-ci était plongé dans la douleur.

Or, dans ce temps-là on ne connaissait pas l'art de tailler la vigne ; l'on ne savait pas que pour obtenir des raisins beaux et bons il faut retrancher à chaque pied la plus grande partie des branches nouvelles. L'on fut donc bien étonné de voir que la treille, loin de souffrir, produisît des raisins en très-grande abondance et délicieux.

L'envieux éprouva une telle douleur qu'il en tomba malade. Mais son voisin, qui réfléchit sur cet événement, comprit qu'il avait eu lieu parce qu'en retranchant une partie des branches, toute la sève de chaque pied de vigne avait profité au fruit.

De cette observation, il déduisit l'art de tailler la vigne, qui devint pour lui une source de fortune. L'envieux en mourut de dépit.

———

LES CAILLOUX.

Floret servait comme garçon chez un marchand

d'eau-de-vie; il s'était
habitué à en boire de plus
en plus, si bien qu'à la fin
il en consommait chaque
jour une demi-bouteille,
que son maître lui donnait
comme gages. Cette boisson
funeste détruisait sa santé;
il fut obligé d'appeler le
médecin, qui lui dit qu'il
périrait bientôt s'il ne ces-
sait de boire de l'eau-de-vie.
— L'habitude est trop bien
prise, répondit Floret, il faut
chaque jour que je vide
cette bouteille, je ne puis
m'en empêcher.

Le lendemain, le médecin vint et lui dit : J'ai songé à un autre moyen ; prenez cette boite de cailloux, et tous les matins vous en jetterez trois dans votre bouteille. Si vous avez soin d'y laisser et les nouveaux et les anciens, la liqueur cessera de vous être nuisible ; mais surtout ne changez pas de bouteille!

Le malade exécuta l'ordonnance, et comme chaque jour sa bouteille contenait moins d'eau-de-vie, il se déshabitua peu à

peu de cette funeste boisson, et ne s'aperçut de la
ruse du médecin que lors-
que la bouteille fut toute
pleine de cailloux.

———

LA PIERRE.

Philippe était un homme
riche, dur et grossier; il
maltraitait tous ceux qu'il
employait à son service. Il
se prit de querelle avec un
pauvre journalier auquel
il demandait une chose
impossible. Celui-ci fut

obligé d'abandonner le travail qu'il avait commencé.

Philippe, furieux, prit une pierre et la jeta à ce malheureux, qu'il atteignit. Le journalier alla ramasser la pierre et la mit dans sa poche, pensant qu'un jour ou l'autre il trouverait l'occasion de rendre à Philippe coup pour coup.

En effet, ce mauvais riche fut, dans sa vieillesse, réduit à la mendicité, et il vint demander l'aumône à la porte de la cabane du journalier. Celui-ci accourut avec sa pierre, en se disant que le moment de la vengeance était arrivé. Mais à la vue des haillons du ci-devant riche et de son air misérable, il s'arrêta et dit : — Je vois bien que l'homme ne doit jamais se venger, car si notre ennemi est fort et puissant, l'on court du danger en le faisant; la vengeance ne sera donc l'œuvre que d'un fou. Si au contraire notre ennemi est faible et dangereux, il serait infâme d'en abuser pour le maltraiter sans crainte ; la vengeance alors   serait l'acte d'un lâche.

———

LE PAIN.

La ville de Blois était désolée par une grande disette. Un homme riche, voulant soulager ceux qui avaient le plus besoin de secours, réunit chez lui vingt enfants des plus pauvres familles. Il fit apporter une grande corbeille et leur dit : — Il y a là-dedans vingt pains, vous en aurez chacun un, partagez-vous-les dès à présent. Chaque jour vous en trouverez autant ici à la même heure.

A ces mots, les enfants se précipitèrent vers la corbeille et se disputèrent à qui aurait le pain le plus gros et le mieux cuit. Quand chacun eut le sien, ils se retirèrent sans remercier leur bienfaiteur ; il ne resta dans la salle que la petite Fanny, qui s'était tenue à l'écart : elle s'approcha alors de la corbeille, prit le pain qui avait été dédaigné par tous les autres, puis elle alla baiser la main de l'homme généreux qui le lui donnait, se retira tranquillement, et porta ce pain à sa mère qui était malade, pour le partager avec elle.

Le lendemain, les choses se passèrent de même, mais le pain qui resta à Fanny était de moitié plus petit que les autres. Elle le prit sans murmurer, remercia le bienfaiteur comme la 'veille, et remit le pain à sa mère. Lorsque celle-ci l'entama, elle en vit sortir une grande quantité de pièces d'argent. — Va les rapporter, dit-elle à Fanny, c'est sans doute par accident que cet argent se trouve dans le pain.

Fanny s'empressa d'obéir à sa mère, mais le bienfaiteur refusa de reprendre la somme. Gardez-là, mon enfant, lui dit-il, c'est exprès que je l'ai fait mettre dans le plus petit pain, afin que votre modération et votre gratitude eussent leur récompense.

———

LE CLOU.

Paul sella son cheval pour aller porter au propriétaire de la ferme qu'il occupait le prix de son loyer. Au moment de monter à cheval, il vit qu'il manquait un clou à l'un des fers. — Ce n'est pas la peine de le remettre, se dit-il, faute d'un clou mon cheval ne restera pas en route.

3

A une lieue de chez lui, Paul vit que le cheval avait perdu le fer où il manquait un clou : Je pourrais bien, dit-il, faire remettre un fer à la forge voisine, mais je perdrais trop de temps ; mon cheval arrivera bien à la ville avec trois fers.

Plus tard, le cheval prit une épine et se blessa : — Je pourrais, se dit-il encore, faire soigner ma monture ; mais il n'y a plus qu'un quart de lieue d'ici à la ville ; — elle terminera bien la route comme ça.

Quelques minutes après, le cheval en boitant fit un faux pas, tomba, et Paul se démit l'épaule; on le transporta dans un village près de là, où pendant dix jours il fallut soigner l'homme et le cheval. Il était bien désolé de perdre ainsi son temps et son argent. Il se disait à part lui : — Il n'y a pas de petites négligences; si j'avais mis un clou, mon cheval n'aurait pas perdu son fer; il ne serait pas blessé; si je l'eusse fait panser à temps, je ne me serais pas démis l'épaule. Cette leçon me profitera pour l'avenir.

———

L'ÉCU.

Thomas était un villageois plein de pitié ; il avait à son service un charretier qui avait la coupable habitude de jurer, de s'emporter et de dire les plus grossières injures aux hommes et aux animaux ; son maître lui faisait de fréquentes réprimandes et lui représentait que c'était offenser Dieu que d'agir ainsi. — Vraiment, répondit-il, je voudrais bien me corriger; mais l'habitude est plus forte que moi, il m'est impossible de la vaincre.

Un matin, Thomas dit à son charretier : — Tiens, voilà un écu tout neuf; je te le donnerai ce soir, si d'ici-là tu ne prononces pas un jurement et si tu ne te livres à aucun emportement. Le charretier accepta le marché avec grand plaisir.

En vain les autres domestiques s'efforcèrent de lui faire perdre l'écu, et s'entendirent entre eux pour le mettre hors de lui; le charretier sut se dé-fendre de leurs attaques sans colère, sans injures et sans jurements.

Quand le soir fut venu, Thomas lui donna l'écu en disant : — Rougis d'avoir pu faire pour une misérable pièce d'argent ce que ni ton affection pour ton maître ni la crainte de Dieu n'avaient pu obtenir de toi.

Le charretier sentit que le reproche était juste; il fit de véritables efforts pour se corriger, et y parvint.

L'AVEUGLE

André était aveugle de naissance ; un jour qu'il revenait de l'église, il marchait fort lentement et se guidait à l'aide du bâton qu'il tenait à la main. Lucas, son cousin, lui dit : — Je parie dix écus que je courrai plus vite que toi.

Les personnes qui se trouvaient là s'indignèrent de cette mauvaise plaisanterie, elles furent fort étonnées d'entendre l'aveugle répondre : — J'accepte le pari, mais à condition que tu me laisseras choisir le moment de la course. Lucas fut enchanté, et il voulait qu'on déposât l'argent dans les mains d'un des assistants. Sa joie fut moins vive quand André lui dit : — Nous partirons ce soir au coup de minuit et nous verrons qui arrivera le premier à la ville voisine.

Les deux concurrents se mirent en route à l'heure dite; la nuit était très-obscure et le chemin traversait un bois épais. André, pour lequel la clarté du jour et l'obscurité étaient la même chose, arriva deux heures après à la ville, car il était habitué à parcourir ce chemin sans le secours de ses yeux; quant à Lucas, il s'égara dans la forêt; après être tombé vingt fois, il retourna sans s'en apercevoir sur ses pas, de sorte que l'aveugle à son retour le rencontra tout près du village.

Tout le monde rit aux dépens de Lucas, qui perdit ses dix écus. André refusa de profiter de l'argent d'un pari et le distribua aux pauvres.

———

LES TROIS BRIGANDS.

Dans un bois, trois brigands se tenaient en embuscade. Il vint à passer un marchand, qui portait avec lui des sommes considérables et des objets de grands prix; les brigands le tuèrent et s'emparèrent de tout ce qu'il possédait. Ils résolurent de faire bonne chère. Le plus jeune se chargea d'aller à la ville voisine pour acheter du vin, des viandes cuites, enfin tout ce qui était nécessaire pour bien se régaler.

A peine fut-il parti que les deux autres se dirent :
— Si nous étions seuls à partager ces trésors, ils nous suffiraient pour vivre.

Débarrassons-nous de cet autre quand il reviendra avec ses provisions. Dès que nous l'aurons tué, nous partagerons en frères, et nous irons vivre loin de ce pays.

Le troisième brigand se disait, de son côté : — Si je pouvais me défaire de mes deux compagnons, tout l'argent serait pour moi ! Je vais empoisonner leur vin, ils en boiront, ils périront tous deux, et je posséderai seul les trésors du marchand.

En effet, il acheta des vivres, mêla dans le vin un poison violent et retourna dans le bois.

A peine fut-il arrivé près de ses compagnons, que ceux-ci se jetèrent sur lui et le tuèrent à coup de poignard. Ils se mirent ensuite à manger, burent du vin auquel était mêlé le poison, et expirèrent dans des douleurs atroces. Juste punition de la providence ! preuve nouvelle que les méchants ne peuvent se fier les uns aux autres.

LA MÉSANGE.

Regarde, disait Xavier à sa sœur, voici une jolie mésange qui se perche sur un arbre ; je vais y placer mon trébuchet, et je suis sûr que tout à l'heure j'aurai l'oiseau en ma possession. Il grimpa sur l'arbre, tendit son piége et se cacha avec sa sœur dans un épais taillis. La pauvre mésange fut en effet bientôt prise. Xavier escalada l'arbre de nouveau, mais en descendant il tomba et se blessa à la main ; dans sa chute le trébuchet s'ouvrit et la mésange s'échappa.

— Bon Dieu ! Xavier, lui dit sa sœur, à quel danger tu t'exposes ; ne monte plus sur les arbres, car en montant tu pourrais te tuer.

— Oh ! ma chute est un accident, répondit-il en riant, qui ne m'empêcherait pas de recommencer tout de suite, mais ce serait peine perdue : la mésange connaît maintenant le piége ; elle n'en approchera plus. — Si ce que tu dis est vrai, mon frère, cet animal sans raison est plus sage que toi, car il fuit le piége qui l'a pris, et toi, à peine échappé à un danger mortel, tu le braverais de nouveau pour satisfaire une fantaisie.

———

LES MARRONS.

Alfred était cité pour sa gourmandise; dès qu'il avait quelque argent, il l'employait à acheter des gâteaux et des sucreries. Il aspirait tout le long du jour au moment de se mettre à table, et après avoir bien bu et bien mangé, il s'efforçait encore d'attraper quelque chose dans l'office ou dans le buffet.

Un marchand vint proposer à son père de lui vendre des marrons de Lyon ; comme on n'en cultivait pas dans le pays, Alfred ne savait ce que c'etait ; il demanda au marchand si ces fruits bruns étaient bons à manger ; celui-ci répondit qu'ils étaient excellents, surtout quand on les mettait cuire sous la cendre chaude. Le père d'Alfred ne tomba pas d'accord avec le marchand et ne lui acheta pas de marrons, mais Alfred eut l'adresse de lui en dérober plusieurs poignées qu'il cacha dans ses poches.

Aussitôt il descend à la cuisine ; tandis que la cuisinière est occupée dehors, il met ses marrons sur le foyer, les couvre de cendre rouge, de charbons brûlants, et attend avec impatience le moment de goûter de ces fruits dont on lui avait vanté la saveur : il écoutait avec plaisir le bruit que les marrons commençaient à faire, lorsque tout-à-coup l'un d'eux fait explosion et lance au visage du petit gourmand, qui se tenait tout près, les cendres avec les charbons.

Alfred, étourdi, aveuglé, se mit à courir dans la cuisine en poussant des cris, en se cognant contre les meubles et contre les murs. Le père accourt, et quand il s'est assuré que son fils n'est pas blessé, il lui inflige la punition que méritaient et sa gourmandise et son vol.

———

LE PAIN ET L'EAU.

Désiré, qui avait pour père un riche propriétaire, déjeunait un matin dans une chambre basse donnant sur la rue. La maison de son père ne se ressentait sans doute pas de la disette qui régnait alors et de la cherté des vivres, car la table était chargée de mets de toute espèce.

Le pauvre Guillot, gardeur de moutons dans la montagne, n'avait, lui, à manger que le quart du nécessaire; étant venu ce jour-là à la ville, il vit Désiré à table, s'approcha de la fenêtre et lui demanda un petit morceau de pain : « — Va-t'en, répondit celui-ci, je n'ai pas de pain pour toi.

Quelques mois s'écoulèrent, et par une chaude journée d'automne, Désiré était allé à la chasse dans la montagne ; il s'égara en poursuivant une pièce de gibier et arriva, après une longue marche, dans un canton tout-à-fait inhabité, où les passages étaient d'un accès fort difficile. Il erra longtemps sous le brûlant soleil du midi, monta, descendit vingt fois, et se fatigua beaucoup ; en outre, il était affamé, mourant de soif. Il trouva bien dans sa carnassière un morceau de pain pour satisfaire son appétit ; mais quand il eut mangé, sa soif devint plus ardente encore; il n'avait rien pour l'apaiser. Dans ce moment il aurait payé un verre d'eau au poids de l'or.

Enfin il aperçut, sur une montagne voisine de l'endroit où il était, un homme qui gardait des moutons. Il courut vers lui pour lui demander à boire. O bonheur! en approchant, il vit que le berger avait une grande cruche pleine d'eau; cette boisson lui semblait cent fois plus désirable que les meilleurs vins, et il espérait bien qu'il allait s'en régaler. Mais, hélas! quand il fut tout près il reconnut le pauvre Guillot; il se hasarda cependant à lui demander un verre d'eau. — Allez-vous-en, lui répondit celui-ci, je n'ai pas d'eau pour vous.

Vraiment Désiré offrit-il de payer cette eau vingt sous le verre, puis cent sous, puis vingt francs. Guillot refusa obstinément.

Désiré eut de nouveau recours aux prières, et le

berger lui répondit : — Je n'ai l'intention ni de vous refuser mon eau, ni de vous la vendre ; mais j'ai voulu vous faire voir combien il est dur d'être repoussé quand on souffre de la faim ou de la soif. Buvez donc tant que vous voudrez, et n'oubliez plus que les besoins des pauvres sont aussi impérieux que les vôtres.

Cette leçon fit apercevoir à Désiré toute la dureté de sa conduite passé ; il récompensa magni-

fiquement Guillot, et depuis
se montra charitable envers
tous les nécessiteux.

———

L'HARMONIE.

Un jeune homme élevé
dans une retraite absolue
n'avai jamais entendu de
musique. Une maladie
dont il fut atteint le rendit
complètement sourd; on
l'emmena dans une grande
ville pour le soigner et
faire en sorte de lui rendre l'ouïe.

Pendant qu'on le traitait, son père le mena dans une maison où il y avait un concert. Le sourd rit beaucoup de tous les mouvements, de toutes les grimaces des éxécutants. Il demanda ce que faisaient ces gens-là. On lui dit que c'était de la musique; alors il répétait à tout le monde que la musique était la chose la plus folle et la plus ridicule du monde; qu'il ne concevait pas quel but l'on voulait atteindre en frottant l'un contre l'au-

tre certains instruments, et
en soufflant dans d'autres;
— puisque cela ne produi-
sait rien, disait-il, très-
certainement tous ces musi-
ciens sont des fous.

Le jeune homme guérit
et recouvra la faculté d'entendre. On le mena de nouveau au concert. Quels
furent sa surprise et ses
transports! Il comprenait
alors la raison de tout ce
qui lui avait semblé si ab-
surde; chaque mouvement
des doigts, chaque souffle
de la bouche, produisait

son effet, et tous ces effets réunis formaient un ensemble ravissant. — Oh ! que j'étais fou moi-même, disait-il, je voulais juger de la musique et je n'entendais pas !

Un vieillard qui se trouvait là dit à son fils : — Mon enfant, n'oublie pas les paroles de ce jeune homme, et si jamais tu avais la tentation de juger des voies de la providence divine ou de te plaindre de ce qui arrive, souviens-toi que nous sommes relativement à l'œuvre de Dieu dans la même situation qu'un sourd qui entend la musique. Songe que quand, après notre mort, nos yeux seront ouverts, nous verrons régner dans le monde une harmonie plus parfaite que celle du meilleur concert, et que si nous ne la voyons pas ici-bas, c'est que nous sommes aveugles, de même que ce jeune homme était sourd.

FIN.

TABLE

—

Dieu   5

La Pluie.   10

La Source.   13

Les Pommes.   16

L'Envieux.   19

Les Cailloux.   23

La Pierre.   26

Le Pain.   29

Le Clou.   33

L'Écu.   36

L'Aveugle.   39

Les trois Brigands.   42

La Mésange.   46

Les Marrons.   48

Le Pain et l'Eau.   52

L'Harmonie.   58

FIN DE LA TABLE.

Limoges. — Imp. E. Ardant et Cie.

Original en couleur

NF Z 43-120-8

ES BOIS

icles savantes.